엄마의 토끼

엄마의 토끼

성미정 시
배재경 그림

난다

시인의 말

아이가 1학년 때부터 쓰기 시작한 동시가
6학년이 돼서야 겨우 한 권 분량이 됐습니다.

방과후에 학교에 남아
하루 한 편 동시를 쓰는 걸로 시작하여
시인이 된 제게
동시는 제 시의 출발점입니다.
동시를 쓰면서 어린 시절로 돌아가
나무 위에도 올라가보고 이제는 헤어져서
만나볼 수 없는 그리운 분들도 만났습니다.
아이와 성장을 함께하며
어린 시절의 저를 다시 만나고
이해할 수 없던 어른들의 세계를
조금이나마 이해하게 되었습니다.
다 자라서 이제는 시드는 일만 남았다고 생각한 마음에
새순이 돋는 불가사의한 경험을 했습니다.

2015년 2월

성미정

차례

1.

2.

3.

1.

1학년 형

이 몸은 이제 1학년이니까
초등학교 다니는 형이니까

친구들과 있을 때 엄마가 부르면
금방 대답하지 않습니다

친구들과 얘기할 때
엄마가 부르면
"왜요?"
하고 한번 쳐다봐줍니다

유치원 다닐 때처럼
쪼르르 달려가지 않습니다

친구들 없을 때만
엄마랑 단둘이 있을 때만

쪼르르
강아지입니다

꽈배기

하루에 30분은 내 앞에 앉아 있어야 해
앉은 김에 받아쓰기 연습도 해야 해
수학익힘책도 한 쪽씩 풀어보고

포켓몬스터 보고 싶지
친구랑 놀고 싶지
공원에 달려나가고 싶지

좀이 쑤시지
몸이 배배 꼬이지

그래도 하루에 30분은 앉아 있어야 해
이제부터 슬슬 나랑 친해져야 해

어서 와 난 책상이야
꽈배기 넌 1학년이지

역사적인 날

작년 가을 처음 줄넘기를 잡았을 때는
자꾸 발에 걸리고 목에 감기며 약 올리던 줄넘기

초등학교 들어가니 저절로 넘게 되었어
아니야 그건 아니야

2월부터 아무리 추운 날도 집 뒤 공원에서
줄넘기 연습을 했어
한 번 넘고 두 번 넘다가 세 번 넘었을 때는
엄마한테 칭찬도 많이 들었는데
학교 들어가니 백 번 넘고 뒤로도 넘고
엑스자로 넘는 친구들까지 있었어

1학년 마칠 때까지는 백 번은 넘어야 한다는데
네 번에 걸리고 아홉 번에 걸리면 엄마랑 같이 아쉬워하고

아홉 번 넘고 열번 넘었을 때 엄마가 더 기뻐하며
마음속으로 함께 줄을 넘었어

어떤 때는 뛰어가며 넘는 친구들 흉내내다가
모둠발로 열 번 제자리뛰기부터 제대로 하라고
엄마한테 꾸지람도 들었는데

오늘 드디어 스물다섯 번 넘었으니 내일은 삼십 번
내일모레는 오십 번 1학년 마칠 때쯤이면
백 번은 거뜬하겠지

한 가지 신기한 건
하나, 둘, 셋 헤아리며 줄넘기하는 동안
숫자 세는 것도 늘었다는 거

남자 짝꿍 유민이

불 켜지는 내 가방 신기하다며
자꾸 발로 차던 유민이

연필 뚜껑 빌려가서 돌려주지 않기에
달라고 했더니
준 거 아니었어 시침떼던 유민이

쓰기 공책으로 괜히 머리 치길래
선생님께 일렀더니
죽인다며 운동장으로 나오라던 유민이

엄마
유민이가 연필 뚜껑 돌려주지 않아요
엄마
유민이가 돼지라고 놀리며 배를 쳤어요
얘기했더니

친구끼리 학용품 빌려줄 수도 있는 거지
싸우지 말고 사이좋게 지내야지
유민이가 들어야 할 말을 나한테 하고

어느 날 계단에서 밀었을 땐
나도 모르게 주먹이 한 방 나가서
엄마한테 털어놨더니
알았다라고만 대답하셨는데

티격태격 한 달이 지나고
작고 착한 여자친구
나인이가 짝꿍이 돼서
첫날부터 내게 연필을 빌려주니
엄마한테 할 말도 없어져버렸는데

그리고 지난 토요일 문화센터 갔다가
음악줄넘기하는 유민이를 만났는데
학교에서만 보던 녀석을 문화센터에서
보니 왠지 반갑지 뭐야

한 달 동안 짝꿍할 때는 저 녀석

빨리 눈앞에서 사라지면
좋겠다고 생각했는데

초등학교 들어와서 두번째 짝꿍
남자 짝꿍 유민이

1학년 마치고 2학년 올라가도
잊지 못할 거 같은 남자 짝꿍 유민이

문제지 풀 때마다

문제지 풀 때마다
곁에 앉아 있는
엄마 얼굴을 살피는
내게

엄마는
이 녀석아
답이 네 머릿속에 있지
엄마 얼굴에 써 있냐
핀잔을 주지만

엄마 표정만 보면
대번에 나는 안다
내 머릿속에서 나온 답이
틀렸는지 맞았는지

첫번째 여름방학

첫번째 여름방학 너무 기다려져
달력에 7월 20일 방학이라고 적어놓았어

주현이 형도 만나고
워터파크도 갈 수 있고
늦잠도 실컷 잘 수 있는 여름방학

이제 딱 일곱 밤 남았어

그런데 희준이랑
지훈이, 원준이가 보고 싶으면 어쩌지

어쩐지 아주 조금은
개학도 기다려지는 첫번째 여름방학

무지개 점수

선생님은 1학년 때 미리미리 공부해야
나중에 애먹지 않는다고 단원평가를 자주 해

100점 맞는 친구도 있고 90점 맞는 친구도 있고
받아쓰기는 꼭 100점 맞아야 된다고 집에서
열 번씩 써보고 오는 친구들도 있어

난 40점도 맞았고 60점도 맞았고
75점에 80점짜리도 있고 90점도 맞았고
받아쓰기는 세 번 100점 맞아봤어

선생님은 빨간 색연필로 40점 60점 80점
점수 매기며 1학년 점수는 엄마 점수라는데
엄마는 재경이 점수는 무지개 점수야
빨간색 노란색 초록색 알록달록 무지개 점수

40점 맞을 수도 있고 60점 맞으면
다음에 70점 맞으면 되고
85점 맞으면 참 잘했구나 칭찬해줘

아참 빵점은 아직 한 번도 맞아보지 못했어
빵점 맞는 게 100점 맞는 거보다 훨씬 어렵대
엄마도 받아보지 못했대

엄마는 내가 시험 보는 날
오늘은 재경이가 무슨 색깔 점수
받아올까 궁금하대

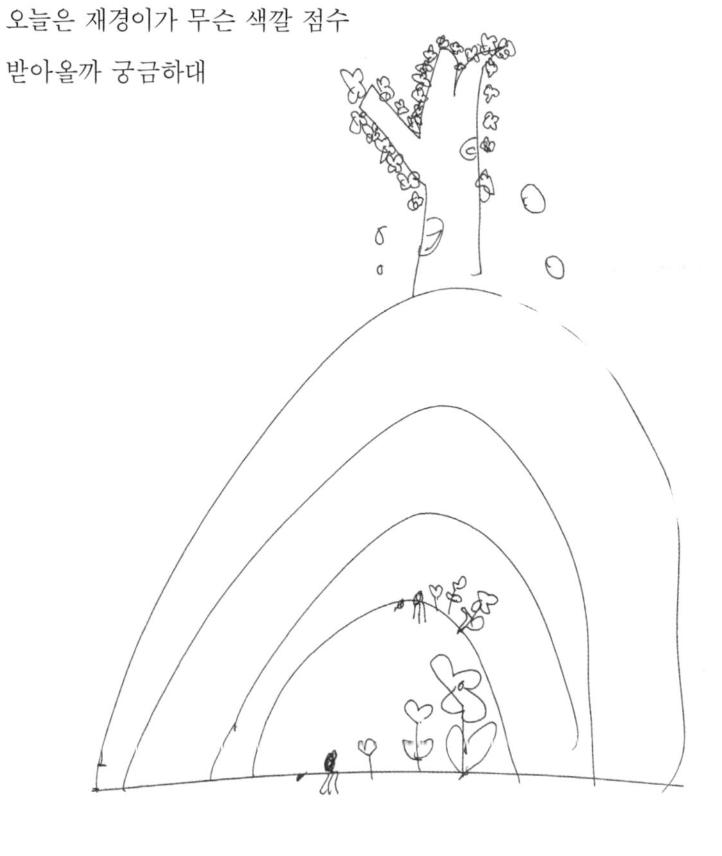

수학 공부하는 일요일엔

손가락과 발가락 다 합해서
한 50개 정도 되면
정말 좋을 텐데
그럼 두 자릿수 덧셈 뺄셈도
척척 풀 수 있고
틀린 문제 또 틀렸다고
아빠한테 야단맞을 일도 없을 텐데

내가 태어나던 날 엄마랑 아빠는
손가락과 발가락이 10개씩
붙어 있는 걸 확인하고
그렇게 기뻤다면서
수학 문제 틀리면 왜 화를 내실까

내 손가락과 발가락 다 합해봐야
고작 20개뿐이라는 걸
그새 잊어버리신 걸까

엄마랑 아빠는 내가
손가락과 발가락이 50개쯤 있어서

수학 문제를 술술 푸는 게 좋아요
아님 수학 문제 몇 개쯤 틀리더라도
손가락과 발가락이 10개씩
붙어 있는 편이 좋아요

따져 묻고 싶은
아빠랑 수학 공부하는 일요일

팬지

수학경시대회 점수 나온 날
친구들 몇이 벤치에서 훌쩍대고 있다

밥 먹을 때도 문제지에서 눈 떼지 않았는데
60점 맞았다고

11시까지 심화문제 풀었는데 70점 맞아
엄마한테 혼날 것 같다고

세상 끝난 것처럼 서럽게 우느라
벤치 밑에 피어 있는 팬지를 보지 못했다

수학경시대회 꼴찌에서 두번째 한
나만 봤다

화단에 피어 있는 팬지랑은 다른
작고 노란 팬지를

애들아 괜찮아
라고 말하는 작고 노란 팬지

까닭이라는 닭을 본 적이 있니

난 받아쓰기 급수 4급에 나오는
닭과 수탉 그리고 암탉은
틀리지 않을 자신 있는데
까닭을 말하는 건 아직 어려워

선생님은 말하기 시간이 되면
반드시 까닭을 들어 말하라고 하시는데

까닭이 뭔지 난 아직 잘 모르겠어

생각의 알 속에 살고 있다는 까닭
곰곰이 생각해보면 생각의 알을 깨고
태어난다는 까닭

얘들아 너희들은
까닭을 본 적이 있니

외둥이 1

동생도 없고 누나도 없고
형도 없이 나는 혼자

우리 반에 나 같은 애들
절반은 되는데

길에서 만난 할머니들은
요즘 애들은 혼자 자라서
저밖에 모른다 하셔

나는 친구들과 장난감도
과자도 사이좋게 나눠 먹는데

엄마가
"동생 하나 만들어줄까?"
하면
"아니요, 형 만들어줘요"
웃어넘길 줄도 아는데

외둥이 2

엄마는 병규 동생 지은이가
예쁘단다
제가 젤 앞장서서 걷지 않으면
울음을 터뜨리는 지은이
탕수육 먹을 때는 짜장면도
시켜달라 떼쓰는 지은이
고집불통 튀어나온 볼이
그렇게 예쁘단다

엄마는 시우 동생 시영이가 그렇게
예쁘단다
밖에 한번 나가자면 알록달록
꽃팔찌와 플라스틱 반지에 선글라스까지
끼고 나타나 암 말 없이 씩 웃는
시영이가 예쁘단다

그게 뭐가 예쁘다는 건지
어디가 예쁜 건지
나는 하나도 모르겠는데……

여동생 있었으면 정말 큰일날 뻔했다

찬밥 될 뻔했다

하나의 퇴근

아침 8시 20분에 학교 갔던
하나가 돌아오는 시간
저녁 8시 30분

학교 마친 후
공부방에서 숙제도 하고
피아노도 치고 간식도 먹고
수학 문제지도 풀고
간식도 먹고 영어까지 끝내고
돌아오는 시간
저녁 8시 30분

우리집에 처음 왔던 날도
라면 한 그릇 뚝딱 먹어치웠던 하나
남자아이처럼 덩치도 크고
목소리도 큰 하나가
문 앞에 서서 고장난 초인종 대신
"할머니 저예요 하나예요"
모기처럼 작은 목소리로 말하는 시간
저녁 8시 30분

아침 8시 20분에 메고 간 가방을

등에서 내려놓는 시간

저녁 8시 30분

하나는 힘들어

하나는 매일 공부방 다니느라 힘들어
하나 엄마는 새벽같이 출근하느라 힘들어
하나 아빠는 하루빨리 8학군으로
이사 가야 하는데 이놈의 아파트가 팔리지 않아 힘들어
하나 할머니는 혼자서 빈집 지키느라 힘들어

엄마는 가끔 엘리베이터 앞에서
하나 할머니 만나면
하소연 들어주느라 힘들어

아파트 팔려서 강남으로 이사 가
하나가 명문대 들어가고
좋은 직장 취직되면 하나네
더이상 힘들지 않을까

그때는 이미 하나 할머니
요양원에 2년 있다 돌아가셨다는
하나 할아버지 곁에 가 계실지도 모르는데
그때는 하나 엄마가 할머니가 되어
빈집 지키고 있을지도 모르는데

하나 공부방 이틀쯤 빠지고
신나게 놀면 큰일나나
하나 엄마 학원비 보태느라
너무 애쓰지 말고 집에서 좀 쉬면 안 되나
하나네 그냥 여기 살면서
온 가족이 둘러앉아
저녁식사 같이 하면 안 되나

그게 그렇게 힘드나

개새끼

친구들한테 개새끼라고 했다가
선생님께 혼쭐난 다음부터

민이는 선생님 몰래
친구들 귀에 대고
개새끼라고 속삭였어
내 귀에도 개새끼를 넣어주었어

귓속에 강아지가 사니까
귀지 파도 귀가 간질간질

참다 참다
결국 입 밖으로 내보냈어
민이가 내 귓속에 넣어준
강아지 한 마리

엄마한테 야단맞았지만

아! 속시원해
이제는 귀도 입도 간지럽지 않겠지

친구

준이와 장난치다가
선생님께 들켜서 벌을 받았어

양손으로 양 귀를 잡고
앉았다 일어섰다 스무 번 하니
조금 어지러웠지만

준이랑 같이하니 재미있어서
얼굴 마주보니
저절로 웃음이 나왔어

학교 들어와서
처음 받아본 벌

친구랑 함께라면
벌서기도 재미있구나
벌을 서보고 알았어
친구가 있어서 알았어

그 친구

오늘 그 친구가 45점을 맞았어
수학 시험은 10점 맞고
받아쓰기는 빵점 맞던 그 친구

자기 자리도 찾지 못해
친구들이 데려다주던 친구
아침 자습 공책도 혼자 꺼내지 못해
친구들이 꺼내줘야 하는 그 친구

할 줄 아는 거라곤
놀리거나 괴롭히는 친구들
선생님께 이르는 것뿐이던 그 친구

역할놀이 할 때 친구들이랑 고민하다가
아기 역할 시켰던 그 친구
어찌된 일인지 공개학습 하던 날에는
결석했던 그 친구

우리 반의 그 친구가 오늘
학교 들어와서 처음으로 수학 시험

45점을 받았어

친구들이 모두 놀랐어

나도 놀랐어

그래도 가장 놀란 건

그 친구 같았어

혼자 걷는 아이

조금 다른 아이가 혼자
계단을 올라간다

아이들은 저희끼리 팔짱 끼고
지나가버리고
아이들은 저희끼리 속닥거리며
어디론가 사라져버리고

조금 다른 아이 혼자
돌돌 말린 양말을 양손에 쥐고
계단을 올라간다

어른이 되려면 앞으로
얼마나 더 많은 계단을
올라가야 하는데

팔짱 낄 친구도
함께 재잘거릴 친구도 없이
고개를 숙이고 올라가는 계단
가끔 먼지 쌓인 계단 난간을

쓰다듬어보며

입을 꼭 다물고

제 그림자와 함께 혼자 걷는 아이

혼자 집에 온 날

첫번째 건널목은
차가 오나 살핀 후
한 손 들고 건넜고
두번째 건널목은
회사 다니는 아저씨들
틈에 끼어서 건넜고

가장 넓은 교회 앞 건널목
건너니 집에서 기다리고
계실 줄 알았던 엄마가
신호등 앞에 서 계셨어
우리 아들 정말 대견하다
가방을 들어주셨어

칭찬 들으니 왠지 쑥스러워
석이랑 민이는 벌써부터
혼자 다니는걸요
말하고 말았어

신호등 없는 네번째 건널목은

엄마랑 손잡고 건너

집으로 돌아왔어

코 그리는 법

2.

곰돌이

이제 아홉 살이니까
오늘밤부터는 혼자 잘래요
방에 들어가
침대에 누워 있는데

아홉 살인데도 잠이 오지 않아
아무래도 곰돌이가 있어야 될 거 같아
아기 때부터 내 곁에 있어준
작은 곰돌이를 안고 침대에 누웠는데

그래도 눈이 말똥말똥
곰돌이 눈도 말똥말똥

이리 뒤척 저리 뒤척
뒹굴거리고 있는데
엄마가 들어왔어

재경이가 없으니까
엄마가 잠이 오질 않네
침대 옆에 이불을 깔고 누웠어

엄마가 나 없이도 잘 수 있을 때까지
엄마랑 같이 자줘야겠어

나는 엄마의 곰돌이니까!

반딧불이라는 별

반딧불이라는 별이 있대

엄마 어렸을 때
초여름 냇가에 뜨던 별
날개 달린 별이래

초여름 저녁이면 반짝반짝
아이들과 놀던 별이래

엄마는 어렸을 때
그 별을 유리병 속에 잡아넣고
밤새도록 빛나기를
바란 적이 있대

그러나 날개 달린 별은
병 속에서는 금방 꺼져버렸대
그 이후 엄마는 반딧불이라는
별을 잡지 않았대
그저 눈으로 술래잡기하며
함께 놀았대

올여름에는 엄마가
반딧불이라는 별을 보러 가자고 했어
엄마랑 나랑 합해서 오만 원 내면
체험할 수 있대

후후후

아가야
내 이름은 민들레야
지난겨울 너의 모자 끝에
달려 있던 털방울 같지

작은 입술 뽀뽀하듯 내밀고
후후후 입김 부는 아가야

봄바람 같은 너의 숨결에
나는 세상에서 제일 작은
낙하산 되어 날아가지

멋지게 착륙하여 내년에 다시
널 만나러 올게

그때는 너의 숨결도 좀더
힘차고 따뜻하게 자라 있을 테지

내년 봄에는 후후
두 번만 불어도
나는 날아갈 테지

올해는 후후후
내년엔 후후

비누의 꿈

세수하자고 하면
울음부터 터뜨리는 아가를 보면
어쩔 줄 모르겠어
눈 맵다고 울어서
덩달아 빨개진 코를 보면
괜히 미안해

비눗방울이 되면
아가가 저절로 따라올 텐데
손을 뻗쳐 잡으며
웃음을 터뜨릴 텐데

무지갯빛 아른거리는
비눗방울이 되면 아가랑
술래잡기도 할 수 있을 텐데

비눗방울이 되고 싶어
아가를 울리지 않는

기름 무지개

엄마는 어렸을 때
쌍무지개를 본 적이 있대
동무들과 놀고 있는데 갑자기
비가 내리더니
그 비가 그치면서 언덕 위에
일곱 빛깔 무지개가 떴대

난 그런 무지개를 본 적이 없어
빗물 고인 검은 웅덩이에
자동차 기름이 흘러 생긴
기름 무지개는 본 적 있어

공원 앞 분수가 하늘로
솟구칠 때 생기는 분수 물방울
무지개는 본 적 있어

비 그친 후 하늘에 뜬다는
진짜 무지개
나, 엄마의 이야기 속에서만 들었어

낮잠의 비밀

아기도 아닌데
왜 매일 낮잠 자냐고

낮잠을 자고 일어나면
머리카락이 부드러워지거든

별일 아닌데도
쭈뼛해지는 머리카락이
심장보다 먼저
두근대는 머리카락이
고분고분해지거든

마치 좋은 린스로
머리를 헹군 것처럼

이건 엄마도 모르고
제일 친한 친구도 모르고
나만 아는 비밀

낮잠 잘 때마다

뻣뻣한 머리카락을

다독거려 잠재우는

나만 아는 비밀

발 좀 깨끗하게 씻자는데

신발이 양말에게
야! 네 냄새 때문에 못살겠어

양말이 발에게
내가 너 때문에 코가 떨어질 것 같아

발이 주인님에게
야, 임마 손 뒀다 뭐해

카톡만 하지 말고
나 좀 깨끗이 목욕시켜주라

이러다가 신발하고 양말
다 도망가버리면 겨울에 어떻게 살래

그들의 이야기를 듣고 있던
손이 새파랗게 질렸다

흙을 밟는 게 싫어

깨끗한 신발에 흙 묻으면
벌레가 달라붙은 거 같아

산책을 나가면
나는 나무로 만든 산책로로만 걸어

엄마랑 아빠는 흙 밟으면 튼튼해지고
발도 폭신하다고 자꾸 흙길로 가자 하고

흙에는 제비꽃도 진달래도 피었는데
왜 흙길을 피해 가느냐고 하고

흙은 더러운 게 아니라고 하지만

그래도 나는
단단하고 꽃도 피지 않은 아스팔트
시멘트길이 더 편한걸

내가 그린 우리집

내가 그린 우리집에는
엄마가 좋아하는 꽃들이
활짝 피어 있고
마당엔 흙이 많아
지하엔 개미굴이 있고

하늘엔 항상 웃는 해님이 떠 있고
내가 타고 다닐 멋진 뿔 달린
사슴 한 마리와
엄마의 낮잠이 깨지 않도록
살금살금 걸어다니는
고양이 한 마리 있고

수많은 벌들과 나비들이
꽃들 위를 날아다니고

엄마는 내가 그린 집 쳐다보기만 해도
어디선가 꽃향기가 나고
엄마는 내가 그린 그림 바라보기만 해도
하루종일 마음속에 별이 든대

바이킹

아빠랑 놀이공원에서 바이킹을 탔어
아빠가 하나도 무섭지 않다고 해서 탔는데

얼마나 무서운지 소리도 지르지 못했어
한쪽으로 휙 올라갔다가
쌩 하고 아래로 내려올 때는
몸이 물이 되어 녹아버리는 줄 알았어

엄마는 뭐가 그리 재미난지
깔깔거리며 사진을 찍고 있더라

이젠 아빠도 믿을 수 없어
다시는 바이킹 같은 거 타지 않을 거야

아빠는 종이맨

우리 아빠는 정말 말랐어
그래서 나는 아빠를 종이맨
이라 불러

우리 아빠는 다른 아빠들처럼 근육맨이
아니라서 나를 번쩍 들어올려
목말을 태워주진 못하지만
그래도 나는 아빠가 좋아

쉬하고 나면 꼭 손 씻어라
엄마보다 더 자주 얘기하는 아빠
된장찌개에 표고버섯만 골라
내 밥그릇에 얹어주는 아빠
나랑 케로로 보며 이불 속에서
낄낄대는 아빠가 좋아

쇠고기미역국엔 입도 대지 않고
잡채에서 파프리카 골라내다가
엄마한테 야단도 맞지만
그래도 난 아빠가 좋아

작고 나직한 목소리로

재경아 불러주시는

종이맨 우리 아빠가

연두색 회전의자

공부하려고 앉았는데
나도 모르게 돌리게 되는 회전의자

그럴 때마다 엄마는

왜 자꾸 움직여서
우리 아들 책도 못 읽게 만드느냐
왜 제멋대로 돌아서
우리 아들 글씨 삐뚤어지게 하냐
회전의자를 혼내준다

학교 들어가면 앉아서 공부하라고
아빠가 사준 연두색 회전의자

놀이공원에서 타본 빙글빙글 도는
커피잔 같은 회전의자

나 대신 야단까지 맞아주는
연두색 회전의자

엄마가 삐뚤어진 아침

내가 잠든 사이 무슨 일이 있었던 걸까
아빠랑 다투기라도 했나
이불을 뒤집어쓰고 일어나지 않는 엄마
이불 사이로 삐죽 튀어나온 두 개의 뿔

아빠가 만들어준 너덜너덜한 계란프라이를 먹고
얼굴에 알로에젤 바르는 것도 깜박 잊고
잘 다녀오라는 엄마의 상냥한 인사도 없이

아빠랑 학교에 가는 엄마가 삐뚤어진 아침
내가 삐뚤어지면 장난감 아무데나 던져버리고
학교 가지 않겠다고 떼쓰다가
야단만 맞으면 끝날 일인데

엄마가 삐뚤어지니 현관의 신발도 삐뚤고
욕실 배수구엔 엉킨 머리카락이 한줌
아빠가 간밤에 빨아놓은 옷과 양말 들도
오후 늦게까지 빨래 건조대에 그대로 널려 있고

학교 끝나고 집에 돌아오면

엄마가 원래대로 돌아와 있을까
재경아 보고 싶었어 얘기해주실까
아님 이불 밖으로 나와 있던 뿔이
현관 앞까지 길게 자라 있을까

등에 멘 가방이 왠지 더 무거운
엄마가 삐뚤어진 아침

잠꾸러기 엄마가 한숨 푹 자고 일어나면
노른자도 터지지 않고 동그란
계란프라이 먹을 수 있을까

끈끈이

비 오는 날 학교 화단에서 주워온
작은 달팽이 유리병에 넣고
상추도 주고 배추도 주고
참 예뻐했는데
일주일이 지나자 등껍질이
점점 투명해지며 얇아지더니
유리병을 기어오르다
툭 떨어지고 말았다

깨끗한 유리병에 살며
상추나 배추만 먹으면
끈끈이는 아파서 죽을 거라고
엄마는 끈끈이를 공원에
데려다주자고 했다

그래서 동네 공원 허브가 많이
심어진 화단에 끈끈이를
데려다주었다 그날 밤은
끈끈이가 잘 있을까
걱정돼 잠이 잘 오지 않았다

다음날 아침 일찍 엄마랑 화단에
가보았더니 끈끈이가
보이지 않았다

그새 친구들 사귀어
어디 놀러가기라도 한 걸까

예쁜 꽃들과 향기로운 잎사귀 가득한
공원에서 끈끈이도
좋은 친구들 많이 만났겠지
씩씩하고 재미있게 살고 있을 거야

비 내리는 날이면
생각나는 끈끈이
공원 지나가면 생각나는
작은 달팽이

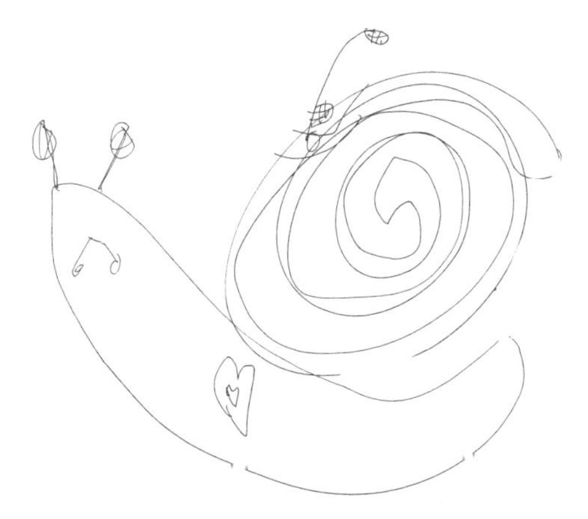

콜라

자주 마시면
이빨에 까만 구멍 생긴다고
많이 마시면 뱃속까지 까맣게 된다고

마시지 않기로 약속한 콜라
마시게 되면 쪼금만 마시기로
엄마랑 손가락 걸고 약속한 콜라

그래도 까맣게 잊어버리고
치킨 먹을 때면 생각나는 콜라
피자 먹을 때면 마시고 싶은 콜라

한 컵 말고 커다란 병
한 병 혼자서 다
벌컥벌컥 마시고 싶은 콜라
한번쯤은 배 터지게 마시고 싶은 콜라

개구리 뒷다리

개구리를 잡아서
까만 솥뚜껑 뒤집어놓고
지글지글 구워먹었어

흙냄새 날 것 같았는데
비린내도 날 것 같았는데

하얗고 쫄깃쫄깃해
닭다리보다 더 맛있어

프랑스 사람들이 하얀 냅킨 목에
두르고 먹을 만해

내 입맛에도 잘 맞아

개구리 뒷다리
닭다리만큼 굵으면
좋을 텐데

햄토리

햄토리가 죽은 이후 나는
햄스터 사진만 봐도
눈물이 나
그림책 보다가 햄스터 나오면
덮어버려
물도 자주 갈아주고
해바라기 씨앗도
적당히 주었는데

왜 죽었을까?
까만 눈과 노란색 털
귀여운 햄토리
손바닥 위에서
해바라기 씨앗을 두 손으로 잡고
껍질만 훅 뱉던 햄토리

주현이 형 햄스터는 너무 오래 살아서
사람 말을 알아듣고
집에서 여러 번 탈출했다는데
지훈이 형은 암수 두 마리를 키웠더니

새끼를 열두 마리나 낳아서
애완동물 가게에 가져다주었다는데

왜 내 햄스터만

햄토리가 죽고 나서
30분이나 울었어
방바닥에 커다란 물 그림을 그렸지
햄스터 사진이나 그림만 보면
눈물이 나는 이 마음
형들은 알지 못할 거야

햄스터가 너무 오래 살아
징그럽다는 주현이 형은
햄스터가 새끼를 너무 많이 낳아
귀찮다는 지훈이 형은

갖고 있지 않은 마음
작은 햄스터를 그리워하는 마음
햄스터와 이별하며 배운 마음

이 마음은 내가 형들보다

먼저 가진 것

투명손님과 나

내 꿈은 요리사

작은 소꿉장난에
자석 야채와 생선을 담고
알록달록 가베 구슬
섞어 요리를 만드는
나의 식당 단골손님은 엄마

손님 무얼 드시겠습니까?
보들보들한 안심 스테이크로
예 최고급 안심 스테이크와
후식은 계란프라이

엄마는 이제 배가 부르다며
식당을 나가고
그때부터 나의 식당은 더욱 바빠져
왜냐하면 수많은 투명손님들이
몰려들거든

혼자서 투명손님들이

먹고 싶어하는 음식을 만들고
때로는 투명손님이 되어
냠냠 쩝쩝 음식을 먹다보면
식당놀이이긴 해도 피곤해져

그런데 여기가 진짜 식당이고
투명손님이 모두 진짜 손님이라면
힘들긴 해도 나는
엄청나게 돈을 벌겠지
내가 좋아하는 기차도 많이 살 수 있고
엄마, 아빠에겐 맛있는 걸
잔뜩 사드릴 수 있겠지

상상만 해도 배가 불러 씩 웃고 있는데
엄마도 내 식당을 바라보며
빙그레 웃고 계셔
혹시 엄마 눈에도
내 식당에 바글거리는
투명손님이 보이는 걸까?

잠꾸러기 엄마

엄마는 멀리서 왔어

물을 사먹는 광화문
빌딩 사이로 탁한 바람이 부는 광화문
하루종일 경찰차들이 지키고 선 광화문

꼬박꼬박 관리비를 내는 사각형의 아파트
금요일 저녁이면 술 취한 아저씨들이 비틀거리는
이곳 광화문으로부터 멀리멀리 떨어진 곳

정선 봉양리
조양강 푸른 물에서 빨래하는 외할머니 곁에서
작은 행주 하나 조물거리다 왔어

춘천 봉의산 계곡에서 가재 잡다 왔어
가을이면 지천인 가래 열매 줍다 왔어
겨울이면 아침마다 수정고드름 열리는
강원도 산골에서 왔어

밤이면 엄마는 다섯 살 여자아이가 되어

광화문 탁한 공기에 까맣게 탄 옷을 들고
멀리멀리 조양강으로 돌아가 밤새도록 빨래를 해

밤마다 꿈속에서
봉의산 계곡을 뛰어다니며 어린 이모랑
어린 삼촌이랑 가재도 잡고 가래도 주워

그래서 엄마는 매일 늦잠을 자

거기에 더 오래 머무르고 싶어서
광화문에 늦게 돌아오는 거야

동그란 밥상

된장찌개에 푸성귀 몇 가지
하얀 김이 오르는 밥
차린 건 별로 없지만

제비꽃님 어서 오세요
금붕어님도 오세요
산비둘기님도
화단의 달팽이씨도 오세요

창을 열어놓았으니
산들바람님도 들어오세요

달팽이님은 상춧잎 뒤에서
산들바람님은 논밭 위로 날아다니며
제비꽃님은 밭두렁에서
모두 함께 만든 밥상이지요

이제부터는 어항의 물을
더 자주 갈아줄게요
제비꽃님과 눈맞춤하는 것도

잊지 않을게요
화단의 달팽이님도 개미님도
건드리지 않을게요

동그란 밥상 다리가 점점 길어져
흙으로 뿌리내려 커다란 나무 되도록

우리 모두 둘러앉은 동그란 밥상
된장찌개와 푸성귀 몇 가지
하얀 김이 오르는 밥
이거면 충분하지요

달님은 벌써 배가 불렀나요
동그란 밥상을 바라보며
미소만 짓고 계시네요

엄마의 토끼

시장 가는 길목 애완동물 가게의 깜장 토끼

온몸이 비로드 같은 깜장 털로 덮혔는데
목과 네 발에만 하얀 털이 나 있어

하얀 목도리 두르고 하얀 양말
신은 것 같아
시장 갈 때마다 가게 유리창에
얼굴 대고 깜장 토끼 잘 있나
쳐다본단다

두 발로 서서 깡충 뛰어오르기도 하고
코 위에 건초를 묻혀가며 먹기도 해

어느 날 들여다보니
갈색 얼룩 토끼랑
하얀 토끼는 그대로인데
깜장 토끼만 보이지 않더라

젤로 예쁘더니
젤로 튼튼하더니

강아지 얘기할 때 내 표정
깜장 토끼 얘기할 때
엄마랑 같았겠지

두 눈을 반짝이며
깜장 토끼 얘기할 때면
엄마는 내 친구

주인 잃은 강아지는 누구

하굣길에 작은 강아지를 봤어
목줄도 없이 혼자서 거리에 있는 강아지

그래 주인 없는 강아지일 거야
내가 주인이 될 거야

엄마한테 전화를 했지
엄마 주인 없는 강아지가 있어
데려다 키울까

엄마한테 허락도 받지 못했는데
전화가 채 끝나지도 않았는데

누군가 와서 강아지를 데려갔어

갑자기 눈물이 핑 돌아
나 이제 혼자 집에 가야 하나봐

무지, 무지개 기분

학교에서 방과후 축구를 하는데
얼굴에 맞은 공이

튕겨져나가 그대로 골인!

얼굴은 조금 아프지만
기분이 무지
무지개 좋아

엄마가 되기 전의 엄마

엄마가 되기 전의 엄마는
삐삐 롱스타킹이었어
닐슨 씨보다 나무를 잘 탔지
인어공주였던 적도 있어
왕자한테 메롱
지느러미 흔들며 바닷속으로 돌아갔지
해적이었을 때는 금화와 보석으로
가득한 보물섬 찾아 항해하기도 했지
삽보다 큰 국자를 들고
집채만한 무쇠솥에
천 명도 거뜬히 먹을 스프를 휘젓는
요리사이기도 했고

그러다가 아빠가 되기 전의 아빠를 만나
결혼을 하고 여린 왕자님 너를 낳고
엄마가 되었지

엄마가 된 후의 엄마는
오늘은 밥숟가락 들 기력도 없다고
엄살 부리다가도 내가 배고프다 하면

벌떡 일어나 밥상 차리고

가끔 무릎이 삐걱거리긴 하지만
아빠와 너를 위해서라면 엄마는
아직도 나무 위에 올라갈 수 있다는 건
둘만의 비밀로 하자

엄마가 된 후의 우리 엄마
정말 대단하다고
다른 엄마들도 다 그래

엄마가 된 후의 엄마는 누구라도
해적보다 힘세고
삐삐 롱스타킹보다 나무 잘 타는 것도
아빠가 된 후의 아빠한테는
비밀로 하자

저요

3.

동생

동생이 태어나기 전에는
인형을 두고 언니랑 싸웠는데
이제는 동생을 서로 보겠다고 다툰다

눈물도 흘리고 하품도 하고
우유병도 쪽쪽 빨고
동생이 태어나니
누우면 눈감는 인형도
시시해졌다

동생을 서로 업어주겠다고 다투다가
봉당•에 떨어뜨린 적도 있다
다행히 피도 나지 않고
깨지지도 않고
우리의 인형은 조금 울다가 말았다

언니와 나만의 비밀로 하기로 했다
우리의 살아 있는 인형을 떨어뜨린 것은

• **봉당**: 안방과 건넌방 사이의 마루를 놓을 자리에 마루를 놓지 아니하고 흙바닥 그대로 둔 곳.

토끼 누린내

토끼는 하얗고
토끼는 폭신폭신 털이 나 있고
토끼는 초록 클로버 잎을 먹었는데

토끼 키우던 친구 집에 놀러갔던 날
보고 말았어
토끼장 안에 닭처럼 갇혀 있던
그 많은 회색 토끼들
토끼똥보다 조금 큰 누렇고 딱딱한
사료를 먹던 토끼들

손님 왔다고
친구 엄마가 차려준 저녁은
토끼고기를 듬뿍 넣은 찌개

방석 하라고 선물로 준
토끼 털가죽 하나 받아들고
집에 돌아온 날 저녁

회색 토끼 털가죽 한번 만져보고

달 한번 바라보고
아직도 이빨에 토끼고기 냄새
끼어 있는 것 같아
달 한번 쳐다보고

토끼야 토끼야
하얗고 예쁘기만 했던 내 토끼야

그네가 너무 좋아서

산동네 놀이터에도 시소와 미끄럼틀
구름다리까지 있을 건 다 있는데

그네가 좋아서
아이들이 모두 돌아가기를
기다리다가 그네를 탔습니다

그네를 독차지하고 바람처럼
앞으로 왔다 뒤로 갔다
산이 멀어졌다가 나무가 눈앞에 왔다가
산밑의 동네가 가까워졌다가

날이 어둑어둑해져
집에 가니 구불구불 산길을
덜컹거리는 트럭 타고
이사 온 날처럼 어지럽습니다

저녁 밥상 차리던 엄마가
너 왜 얼굴이 노랗니
묻습니다

그네가 너무 좋아서

울렁거립니다

아직도 그네에 타고 있는 것 같습니다

눈깔사탕

하나만 줘
하나만 줘 아무리 졸라도
눈깔사탕 봉지째로 든 남동생은
약만 올리는데

눈깔사탕 봉지째로 든 남동생보다
더 얄미운 건 애초에 눈깔사탕을
공평하게 나눠주지 않은 엄마

눈깔사탕 봉지를 누나들 앞에서
흔드는 남동생을 바라만 보는 엄마

그래 옜다
눈깔사탕도
엄마 사랑도
너 다 가져라

획 돌아앉은 다섯 살 누나

아빠의 엄지발가락

엄마는 남동생을 끼고 자고
아빠는 언니를 끌어안고 자고

나는 아빠의 엄지발가락을
잡고 잡니다

아빠의 엄지발가락은 남동생이 가져간
엄마 젖꼭지보다 크고 힘이 세지만

아빠의 엄지발가락에선
젖이 나오지 않습니다

엄마 냄새가 나지 않습니다

내일부터는 내 손가락을
빨며 자는 게 나을 것 같습니다

은비녀

내가 태어났을 때부터
할머니였던 할머니는
아침에 일어나면 참빗으로
달빛을 곱게 빗어
작고 동그란 달을 빚어
은비녀로 꼭 잠가놓았다

대낮에 달빛이 새어나오지 않도록

할머니가 호호 할머니가 되고
증조할머니가 되면서 할머니가
빚는 달은 점점 작아졌다
어느 해 가을에는 좀 커다란 송편만했고
어느 해 겨울에는 초승달만했고

그러다 어느 날 사라져버렸다

동무를 잃어버린 은비녀만
쓸쓸하게 빛났다

개코

술에 취해 들어온 아빠한테서
달콤하고 짭짤한 냄새가 난다

간장과 캐러멜
살짝 탄 쇠고기 냄새
양복 윗도리를 벗어도
냄새가 난다
밤새도록 방안에서
갈비 냄새가 난다
자면서도 입안에
침이 고인다

아침에 아빠 양복
윗도리 안주머니에서
먹다 남은 소갈비
두어 쪽이 나왔다

우리 집은 개도 키우지 않는데

작고도 작고 작은 할머니였을 때

엄마의 작은할머니는 작은할아버지의
아내라서 작은할머니였지만
진짜 얼굴도 작고 몸집도 작았어

덩치 크고 목청 큰 작은할아버지
곁에 있으면 아이처럼 작아 보였어
항상 호호 웃는 얼굴에
부드러운 목소리

봄이면 송홧가루를 모아
다식 틀에 넣어 꽃모양
노란 송화다식을 잘 만드시고

어린 엄마가 송화다식을 먹는 걸
다정한 눈길로 바라봐주셨지

이다음에 자라서 나도
작은할머니 같은 할머니가 될 거야
작고 귀여운 과자를 만들어
아이들과 나눠 먹고

아이들과 친구 해야지

작고도 작고 작아서 할머니는 보이지 않던
시절의 어린 엄마는 송화다식
먹으며 그런 꿈을 가졌더랬다

하늘색 여자아이

언니는 나비 리본 달린 모자 쓰고
레이스 달린 원피스 입고
나는 카우보이모자 쓰고
티셔츠에 바지 입고

왜 나만 남자옷 입혔어
엄마한테 물어보면
남동생 보려고 그랬지

어릴 적 사진 속
언니는 언제나 분홍색
난 하늘색

그래도 괜찮아 나는 시원하고
넓은 하늘이 좋으니까

그런데 가끔씩 친구들이
사진 속 나를 가리키며
이 남자애 누구야 하면

나도 모르게 남동생이야
거짓말하게 되는 건 왜일까

하늘색 여자아이
마음에 잠깐 분홍빛 아른거리는 건
왜일까

둘째

언니가 잘못해도 혼나는 건 나
동생이 장난쳐도 야단맞는 건 나

서러움에 있어서는 둘째가라면
서러운 둘째

다음에 태어나면 언니가 나을까
동생이 나을까

차라리 혼내주는 엄마로
태어나는 게 좋겠어

언니 노릇 제대로 하라고
누나한테 덤비지 말라고

중간에 낀 죄밖에 없는 둘째는 놔두고
언니랑 동생만 혼내는 엄마

툇마루에 앉아서 상상하며
실실 웃고 있는 둘째

도둑질

엄마가 옷 보따리를 던졌어
내복 입은 채 대문밖으로 쫓겨났어

엄마 잘못했어요
다시는 도둑질하지 않을게요
싹싹 빌었어

내가 훔치고 싶었던 건 찬장 위에 던져둔
백 원짜리가 아니었어
동생들만 쫓아다니고
언니만 걱정하는 엄마 마음이었어

엄마
도둑질했다고 야단치고 때리고
오늘은 한 시간 동안 내 생각만 했지

엄마는
오늘 내가 진짜로 훔친 게 뭔지
절대 알지 못할 거야

시장에 가면

엄마는 건어물 가게에서
멸치 사면서 꼴뚜기까지 맛본다
나보고도 맛보라고
자꾸 멸치랑 꼴뚜기를 준다

그렇게 먹어놓고도
꼭 깎아달라고 한다
나는 얼굴이 점점 달아오른다

이다음에 어른이 되면
한두 마리만 맛보고 사야지
속으로 다짐한다

피아노

친구 따라서 피아노 학원 구경 간 날
피아노가 싫어졌다

친구가 건반을 잘못 누르면 선생님이
볼펜으로 친구 손가락을 때렸다

저녁이면 친구 집 창밖으로 흘러나오던
맑은 소리가 볼펜으로 손가락 때리는
소리로 들렸다

빨갛던 친구 손마디가 떠올랐다

황새의 실수

툇마루에 앉아 동화책을 읽다
바라보면

동생들은 싸우느라 바쁘고
언니는 걸핏하면 질질 짜고
아빠는 술만 마시면 노래 부르고
엄마는 바가지 긁어대고

매일 똑같은 광경
지긋지긋해

어서 이 시끄러운 마법에서
풀려나 내 집으로 돌아가야 할 텐데

천사 같은 동생들과
상냥한 엄마
신사 아빠와 어린 숙녀인 언니가
있는 원래 내 집으로

도대체 몇천 권의 책을 읽어야

마법에서 풀려나 내 집으로 돌아갈 수 있을까

이 집은 나와 전혀 어울리지 않아

화장실이 뒷간이었던 시절

옛날 옛날 그리 멀지 않은 옛날
화장실의 증조할아버지뻘
뒷간이 있던 시절

새하얀 타일 깔린 화장실에
비데 달린 변기도 없이
어떻게 볼일 보고 살았을까 싶지
호박잎으로 똥 닦아서
똥꼬는 늘 빨갰을 것 같지
화장실이 뒷간이었던 시절

야트막한 웅덩이처럼 똥 눌 자리를 파고
양쪽에 발을 올려놓을 부춛돌•을 놓았지
겨울에는 화롯재 여름에는 아궁이의 재를 모아
뒷간 한구석에 쌓아놓고 삽을 가져다두면

똥 눈 사람이 알아서 삽으로 똥 퍼서
재를 덮고 그다음 사람도 그렇게 하고
뭐 더럽다고
제 똥도 더러우면 밥을 어떻게 먹누

그렇게 재와 똥이 섞여 두엄이 만들어지면
밭에 뿌려 그럼 온 마을에
두엄 냄새가 진동했는데
코가 떨어져나갈 정도는 아니었지

밤에 혼자 볼일 보러 가기 무서우면
언니야 형아야 우애 있게 같이 가서
똥 다 눌 때까지 서로 망도 봐주고
별도 보고

엄마도 그렇게 뒷간에서
볼일 본 적이 있느냐고
그럼 그렇고말고
그때 뒷간에서 나던
나뭇잎 탄 냄새랑 구수한 청국장
냄새 같은 거
아직도 콧가에 맴도는걸

• **부춛돌**: 뒷간에, 부출 대신 놓아서 발로 디디고 앉아서 뒤를 보게 한 돌.

취미는 독서

학교에선 산수 문제 틀렸다고
툭하면 손바닥 맞고
집에서는 동생들이 잘못해도
나만 혼나고

이제 고작 아홉 살인데
사는 게 왜 이리 고달플까

에라
툇마루에 앉아 책이나 읽자

빨간 머리 앤은 집안일을 해야
학교에 갈 수 있구나
홍당무란 아이는 형도 누나도 있는데
매일 밤 닭장 문을 닫는구나
어머나! 세라는 소공녀에서
기숙사 하녀로 전락하는구나

난 내 방 정리만 잘하면 되고
남동생을 더 예뻐하긴 하지만

밥 주는 엄마도 있고
학교에 다닐 수도 있으니

이 정도면 괜찮은 건가
아홉 살 내 인생

글자 그림

그저 그런 동화

고양이 소년과 복숭아꽃이 사랑에 빠졌습니다 이듬해 고양이의 까만 눈동자를 닮은 여린 꽃잎을 낳았고 곧이어 책 읽기 좋아하는 잠꾸러기 둘째가 태어났습니다 세번째로는 기다리고 기다리던 복숭아 아들이 몇 해 지나고 하룻강아지 막내도 등장했습니다

단칸방에서 여섯이 복닥복닥 살기도 했습니다 동그란 밥상이 엎어져 산동네로 이사도 갔습니다 어느 해인가 대낮에도 천지사방이 깜깜한 어둠이 찾아와 몇 해가 지나도 사라지지 않았습니다 고양이 소년은 술독에 빠지고 복숭아꽃이 검은 버섯이 되며 버티던 그 사이

아이들은 자라고 자라 햇살 아가들을 낳았습니다 어딘가 고양이 소년을 닮기도 하고 또 어딘가는 복숭아꽃을 닮기도 하고 복숭아 아들과 하룻강아지의 어린 시절을 닮은 햇살 아가들을 말이죠 눈을 감지 않는 한 사라지지 않을 것 같던어둠도 햇살 아가들 덕분에 조금씩 사라졌습니다 그렇게 고양이 소년과 복숭아꽃은 할머니 할아버지가 됐습니다

앞으로도 오랫동안 티격태격 소꿉동무처럼 살 것입니다
그랬으면 참 좋겠습니다

난다詩방 02
엄마의 토끼

초판 1쇄 인쇄 2015년 2월 5일
초판 1쇄 발행 2015년 2월 15일

지은이 성미정
펴낸이 강병선
편집인 김민정
디자인 이현정
마케팅 정민호 나해진 이동엽 김철민
온라인마케팅 김희숙 김상만 한수진 이천희
제작 강신은 김동욱 임현식
제작처 영신사

펴낸곳 (주)문학동네
임프린트 난다
출판등록 1993년 10월 22일 제406-2003-000045호
주소 413-120 경기도 파주시 회동길 210
전자우편 blackinana@hanmail.net 트위터 @blackinana
문의전화 031-955-2656(편집) 031-955-8890(마케팅) 031-955-8855(팩스)
문학동네카페 http://cafe.naver.com/mhdn

ISBN 978-89-546-3401-4 03810

 이 도서의 국립중앙도서관 출판시도서목록(CIP)은e-CIP 홈페이지(http://www.nl.go.kr/cip.php)에서 이용하실 수 있습니다. (CIP 제어번호 : 2014035331)

www.munhak.com